이름을
몰랐으면 했다

모악시인선 019

# 이름을
# 몰랐으면 했다

박태건

모악

## 시인의 말

나는 금요일이 좋아요

뭔가 금지된 걸 시도해도 좋을 것 같거든요
가령 죽은 사람들을 생각하는 것

그 일이 있고 나서
다시 시를 쓰게 되었어요
맹수처럼 집요하던 그 일 말이에요

가끔 꿈에 뱀이 나타나고
그때마다 신성을 생각해요

어떤 금요일에는
고래를 타고
우주로 갈 거예요

2020년 8월
박태건

# 차례

## 2부   저 환한 빛, 물결을 일으켜

## 3부  거대한 뼈들의 무덤

## 4부 회상은 부정의 품사겠지요

1부
물의 배꼽

## 상처의 무늬

비포장 주차장, 끝없이 밀려오는
해안선 같지만

비만 왔단 봐라 비만 하루 종일
죽죽, 내렸단 봐라

어디 쉽게 봐 줄 기억이냐
어디 쉽게 지워질 상처냐

기를 쓰고 도망가는
기억이 가는 데까지

상처가 끝나는 데까지
가서 데려와야지

바퀴는 길을 벗어나지 못한다
상처의 알리바이가 된다

## 물방울자국


아침 아홉 시, 군산에는 흠뻑 비가 왔다

서울행 버스를 타는 아이의 뺨이 젖었다

더운 바다 냄새가 났다

유리창에는 입김으로 만든 빵이 그려져 있다

아이는 아침을 먹지 못했다

아이는 속도를 두려워하지 않는 물방울

바다에 가고 싶다고 했다

고속버스 안에서 사람들의 머리는

오븐 속의 빵처럼 졸음으로 부푼다

바닷바람에 적당히 간기가 밸 것이다

길은 달리고, 흔들리고

모이고,

흩어진다

노랗게 그을린 아이의 머리가 유리창을 찧는다

갑자기 수직으로 떨어지는 빗방울

똑바로 쳐다보기 힘들다

## 비눗방울

비눗방울은 고양이야
훅, 불면
사뿐 뛰어내리지

비눗방울 속에는
권태로운 마술사가 살고 있나 봐

내일은 무지개가 뜨는 마술을 보여줘
쉿! 비밀을 알려고 하지 마

(꼭 눈속임이라고 말해야겠니?)
네가 가까이 오면 뒷걸음을 쳐

나는 눈썹에 찔려
펑, 사라지는 보름달

상처는
건들지 않는 한
덧나지 않을 거야

## 꽃 폭탄을 조심하라고?


벚꽃나무 아래 사진을 찍는 처녀들
웃음이 휘발유처럼 옮겨 붙는다

옆구리가 간지러운 나무는
막, 터지는 중이다

드러나는 종아리
피어나는 목덜미

나무의 아랫도리에서 품어 올리는 봄
중심은 높고
낙차는 괴롭다

먼 산엔 딱따구리가 집 짓는 소리
나무 아랜 처녀들의 사진 찍는 소리

찰칵, 찰칵
봄이 간다
꽃 폭탄이 자란다

## 장마

아픈 몸에 열 오르는 저녁엔

빗방울이 8분 음표로 떨어진다

바다를 건너 온 빗줄기

섬들의 이마를 짚으며 약간은 허전하게

아랫집 여자가 창문의 격자를 푸는 시간

창틀과 창틀의 마디

좁혀진 거리만큼 멀어지는

구름에 사다리를 기대는 아파트 창문들

피어오르는 담배연기와 쏟아지는 빗줄기의 크레센도

돌아온 새 떼와 젖은 나뭇가지들

북진하는 빗줄기의 전선

창문을 두드리며 후드득,

사라지는 여자

## 물의 배꼽

빗줄기가 아스팔트길에 내리 꽂힌다

살아 있는 것들은 배꼽을 가졌지

하늘에서 지상으로

건물 밖에서 건물 안으로

뻐끔, 뻐끔 번지는 물의 배꼽

거리가 화석 물고기처럼 숨을 쉰다

아! 아직도 내겐 구름의 피가 흐르나 봐

벽이었던 길이 다시 태어나는

찬란

## 폭염주의보

가슴을 다 드러낸 여자가
달궈진 불판에 구름 덩어리를 올린다
여름이 끝나서 여름이 온다

생각이 생각에 잠겨
핏물이 배어나올 것 같다

저걸 어째!

하늘이 까맣게 탄 불판처럼 걸리고
별들이 광속으로 질주하는 저녁이 오면

여자는 여름을 여자로 살기로 한다
지구 반 바퀴를 달려온 스포츠카가
갑자기 선다

## 구름의 변명

내가 세상에서 제일 잘 하는 것은 떠나보내는 것
바람에게 받은 만큼 돌려주는 것
집 없는 새의 영혼처럼

여름날 쿵쿵 다가오는 우레의 발소리에
서툰, 빗방울로 사라지는 것

세상의 초록들에게 더 이상
마음 주지 않을 것 그리하여
흘러가는 모든 것들을 사랑하는 것

가령 하느님이 기다란 손톱 끝으로
쓱, 그어놓은 신작로라든가

앞만 보고 가는 사람의 뒷모습을
무심히 바라보는 것

하늘의 문장을 몰래 써 놓았다가
비행운처럼 지워버리는 것

한때 내 안에 있던

불꽃을 생각하지 않는 것

한 조각 떠도는 구름의 숙소가
내 유일한 거처일지라도

돌아오기 위해
떠나는 것

## 비 오는 들녘

고요히 비 맞고 선 들녘에선
들풀 하나에도 머리 숙여 인사하고 싶다
수평선에서 지평선으로
구름이 풀리는 걸 보면
세상에 가둬 놓을 수 있는 건 없다는 생각

논물 벙벙히 차는 시간과
수로水路의 물이 지평선에 닿는 거리와
어린 모 겨드랑이를 쓱쓱 훔치며 흘러가는 마음에는
푸른 들판이 파도치듯
와와, 몰려가고

파란 하늘도 귀퉁이부터 쓰러지는 날에는
초록비 오는 들판에 퍼질러 앉아
수제비 국 같은 구름 한 바가지씩 푸짐하게 나눠 먹으며
종아리 박고 서 있는 어린 모처럼
입을 벌려 쏟아지는 빗물을 받아먹고 싶다

산 첩첩 물 굽이굽이 들꽃마을에서도
새벽길 밟으며 피어나는 풀꽃마을에서도
멀고 가까운 나라의 가난한 사람들도

저 빗소리 듣고 있을 테니
여린 벼 잎처럼 살고 있을 테니

하여 방죽의 토란대들도 넓은 귀를 기울여
빗방울처럼 외로워질 것이니
생각하면 생각할수록
하염없이 고개 수그리고 싶을 것이니
하염없이 흔들리고 싶을 것이니

## 구름의 틈


구름고래가 꼬리를 탕, 쳐서 만든
틈으로

하늘이 파아란, 숨을 내쉰다
나도 따라 숨을 깊게 들여 마신다

빛 그물이
가문 마음을 빨아올린다

## 짓다

아침에 일어나니
집 앞에
강물이 흐른다

모내기하려고
푸른 강물을 들였나 보다

마을이
섬이 되었다

강물 속에는 구름이 흐르고
집이 있고 또 사랑하는 가족과
부지런한 손이 있다

이제 나는
세상의 모든 것들에
이름을 지어주리라

2부
저 환한 빛,
물결을 일으켜

## 도가니 집

늙은 아버지와 늦은
점심을 먹는다 장맛비 오는
전주의 오래된 식당인데
식탁은 좁아서 우린 한 식구 같다

혼자 온 사람, 함께 온 사람, 늙은이, 젊은이, 양복쟁이, 츄
리닝……
한 그릇의 국밥에 머리를 숙인다
식당의 강아지도 머리를 숙인다

나는 아버지의 수저에 깍두기 한 알을 얹으며
비 내리는 창문에 CT 모니터 속의
아버지의 주름과 갑작스런 나의 실업과
어느새 흘러간 것들을 생각한다

어떤 순간은 기도 같아서
비긋는 좁은 처마 아래
우린 한 식구 같다

## 가족사

큰형은 배가 아프다며 물 한 잔을 마시고 돌아누웠다

연탄재가 쌓인 언덕에서 통학버스를 보며 말이 없어졌다

기차가 지날 때마다 컵 속의 물은 고통스럽게 끓어올랐다

나는 성냥갑을 엎어놓고 병정놀이를 했다

어떤 슬픔에도 아프지 않았다

가는 햇살에 나뭇가지들이 가시처럼 말라가고 있었다

형은 고치처럼 이불을 둥글게 말았다

나는 겁이 나서 가슴에 귀를 대어 보았다

작업복에선 매캐한 공사장 먼지가 묻어났다

어머니 말씀이 헛바늘처럼 문풍지에서 새어 나왔다

그래도 넌 기둥

급행열차가 지나가자 문턱에 걸린 겨울 볕이 지푸라기처럼 사그라들었다

습한 바람 끝에 어둠이 따라왔고

나는 방 귀퉁이에 앉은 온기 몇 장이 바람에 밀려가는 소리를 들었다

먼 기적 소리에 서툰 마음으로 불을 켜자

숨었던 빛들이 산란했다 전구알 속에서 웅크린

벌레의 눈부신 꿈틀거림

밤비가 오려는지 갈대숲이 서걱거렸고

나는 창문을 열어

빛줄기를 밖으로 내보냈다

# 풀

형이 풀을 베는 동안 나는 삘기를 찾아 빨았다
싫증이 나면 피리를 불었다

토실토실한 암소는 꼬리를 흔들고
살진 엉덩이를 때릴 때마다
리듬에 맞추어 파리들은 서핑을 즐겼다

형은 콧노래를 불렀다 리드미컬하게
풀을 한 아름씩 안아 던졌다

풀들은 함부로 몸을 섞으며
지금부터 코러스 해요

언덕엔 복숭아꽃이 한창이었다
코러스,

풀을 베는 동안엔 다른 생각은 하지 말아야 했다
오직 풀에 몸과 마음을 집중해야 했다

풀은 베어지며 손을 베었다 형은
풀처럼 손을 들고 있어야 했다

풀들은 코러스 중이었다
초승달이 풀꽃으로 피는
1억만 년 동안의 코러스

풀이 한풀 꺾여 있었다
일으켜 세워도 맥없이 늘어지는

풀을 벨 수가 없었다

## 결

뒷마당 하늘에 박힌 도끼를 꺼내어 내리친다
도끼에 숨은 달이 나무의 심장을
쩍, 갈라놓을 때

대지의 힘줄처럼 드러나는
결,

옹이는 나무에 박힌 돌멩이다
나무는 지층의 무늬를 빨아들여
숨결로 품은 것일까?

늦도록 혼자 사는 형은
옹이 박힌 장작처럼 바로 눕지 못한다

나무는 하늘로 오를수록 커져가는
두려움을 옹이에 묶었을 것이다

나는 형의 팔뚝 같은 장작을
아궁이에 밀어 넣는다

장작들은 서로 기대어

숨구멍을 만든다

저 환한 빛,
물결을 일으켜
담장 밖의 나뭇잎을 흔들 것이다

## 트럼펫 나무

은행나무는 트럼펫을 품었다 참새 떼가 날아간 자리 젖은 글씨로 번진다 먼 하늘을 건너온 한 사내가 접을 붙이기 위해 가지를 자른다 가지가 잘릴 때마다 사내가 디디고 선, 한 뼘 하늘이 흔들린다

상처, 이제부터 나는 폐허를 노래하련다 어머니는 죽은 할머니를 닮아서 매질이 매섭다 피하는 것도 용기가 필요했으므로 오늘은 맞기로 한다 회초리가 지나간 자리 초록이 한창이다 어머니, 비린내 나는 저녁엔 세상에서 제일 잘 물들여진 은행잎으로 저녁을 먹고 싶어요

절망, 절망, 절망 잊기로 한다 나뭇잎 한 장 열 때마다 절벽이었다 쑥부쟁이 구절초 흐드러진 강 언덕에 앉아 옛 노래를 부른다 겨울이 오기 전 나무는 몸속의 피를 뽑아 하늘에 수천 개의 문을 달아 놓는다

죽은 병아리를 은행나무 아래 심었다 어린 것을 품었던 사흘 트럼펫의 음계가 몸 안으로 스며드는 시간 해지는 곳으로 머리를 떨군다 흘러가라 흘러가지 마라 제 몸을 쳐 떠나는 새는 얼마나 독한 각오를 했을까? 떠도는 섬 노을의 나라 눈부신 애장사리

해질녘 은행나무는 트럼펫을 불며 행진한다 길 잃은 새들이 날아간다 유년의 언덕엔 바람이 불고 구름이 흘러가고 어린 별들이 지붕 위에 앉아 노래 부른다 밤을 울리는 별빛의 허밍, 머지않아 트럼펫에서 노란 은행알들이 울컥울컥 쏟아져 나올 것이다

## 달고양이

누가 할퀴었을까요?

하늘의 째진 틈으로 두근, 두근거리는 돌담 위에 달고양인 앉았겠죠 부엌문 틈으론 목간하는 고모의 살내음이 찰랑찰랑 새어 나오고 아궁이 안에선 볏단 묶음이 갸르릉, 사그라들면 아직 처녀인 달은 돌담 너머로 야윈 어깨를 드러내겠죠

틀림없어요 달고양이죠 길 밖으로 풀려나가는 실 꾸러미 쫓다 돌아와 마루에 털썩 주저앉았겠죠 그때 나는 우물가로 쪼르르 달려가서 두레박줄을 던졌던 것인데, 넘실거리는 맑고 찬물이 캄캄한 우물 바닥으로 쏟아지던 소리는 아직도 제 이마를 서늘하게 씻어주고요

달은 고운 입 살짝 대시고는 아이 시원해 하시며 화단에다 조심조심 뿌리시겠죠 잠결에도 나는 어망 속의 물고기처럼 뒤척였구요 예쁜 우리 고모 살금살금 돌아오는 밤엔, 희미해 지는 봉숭아 꽃물처럼 졸린 나는 달고양이 놀려 줄 생각에 잠결에도 둥글게 몸을 말며 야옹,

## 노랑어리 연

송화가루 날리면 엄마와 나는 뒷산에 올라, 우리집 개는 앞서거니 좋아라 종아리를 밀기도 하며, 뒷산은 보안림이어서 주위를 살펴봐야 했지만 솔가지를 요놈, 요놈 하며 비틀면 쓴 위액 같은 노란 진액이 퉤, 퉤 묻어나왔다 송화의 경계가 마을회관 너머 학교 운동장까지 춤을 추며 흘러가는 것을 하염없이 보고 있으면 그것은 이발소 의자에 앉은 내 어깨 위에 앉고 땀에 젖은 엄마 목덜미에도 앉고 폴짝폴짝 뛰는 개 눈썹에도 내려앉아 세상은 온통 어지러웠는데 금세 무거워진 자루를 나는 그만 내려놓고 싶었는데 그때 끝없이 부러트린 것은 무엇이었을까요?

솔가지는 설탕에 재워 백일 밤이 지나면 차고 달디 단 솔바람차가 되고 가루는 응달에 말려 속앓이에 좋은 경단이 되었다 우물물은 퍼내도 퍼내어도 기름띠처럼 송화의 막이 퍼졌다 나뭇가지로 저으면 소나무 어린순을 따는 바지런한 손이 낮달로 피었다 노랑어리 연

# 토란대

여자가 마루에 앉아 토란대를 다듬는다
늘어진 메리야스를 입은 여자처럼

푹, 삶은 토란대가 벗겨질 때마다
여자의 목덜미에 땀이 흐른다

젖 고랑을 지나 아랫배에 살집으로 스미는 기억이
길을 찾아가는 여름밤

기다렸다는 듯이 사립문 안으로
머리를 흔들어대는 토란대

줄기를 벗겨내려면 먼저 목을 비틀어야 했다
손톱에 배는  토란의 진액

제 몸보다 큰 보퉁이를
머리에 이고 걸어왔을

여자의 발목 위로 토란의 껍질이
실 꾸러미로 쌓인다

토란잎 뒤척이는 밤이 있었다
어머니의 부라더미싱 소리가 채
꿰매지 못한 여름밤이었다

# 오래된 저녁

　찬밥을 비비는 것은 먹을 때보다 재미가 있었다 콩나물 도라지 무생채 냉장고에서 시드는 풋것들 고추장에 참기름에 가진 것 다 넣고 비비다 보면 내 안에 있던 것들도 섞이게 될까? 쉽게 버리지 못한 것들 털어 넣다 보면 문득, 너무 많이 쏟아 버렸다는 생각, 설익은 고추처럼 치받고 싶었던 일이며 침을 괴게 하는 적개심들, 참지 못하고 튀어나간 밥알이 초저녁 별로 뜨는 저녁이 되면,

　가족들은 둘러앉아 막사발에 보리밥을 비볐다 울 밖으로 뜬 낮달을 간장에 비비면 고소한 비린내가 담 밖으로 흘렀다 수저질 소리 깊어져 시장기도 어둑해지고 "안에 있능가?" 헛기침 소리와 대산양반 그림자가 대문 앞 고추밭에 어른거리면 공판장 앞에 모깃불이 지펴지는 것이다 아이들은 엄마나 누나를 따라 개울로 목간하러 나가고 나는 괜시리 혼곤해져서, 밤늦게 들어온 누나의 치맛자락 스적이는 것을 자울대는 숨소리로 듣는 것이다

# 양파

삼복날 껍질째 벗겨지는 것은 개나 닭만은 아니다
착실히 여문 양파가 우르르
마당에 앳된 얼굴로 불려 나왔다
이렇게 더우려고 비가 왔나 부다
양파의 썩은 데를 도려내려고
무딘 칼날에만 골똘한 아버지
직장에서 밀려난 지 삼 년
하고픈 말은 많은데
어느새 양파처럼 머리가 벗어진 아버지
싹이 나고 고름이 흘러도 통 모르고 있었다
방안까지 양파 냄새는 스민다
냄새가 냄새를 먹고 달려든다
슬픔이 슬픔을 껴입고 독해진다

땡볕 아래서 아버진
무얼 저리 벗기시는 걸까?

# 홍어

달이 초아흐레 홍어회 같다

구한말 일심교도였다는 조부는 상투를 틀고 앉아 홍어회
에 밀주를 즐겼단다 눈 내리는 세상은 아직 덜 삭은 홍어 같
아서 사랑채에서는 구성진 주문이 목청 돋우어 흘러나오고
그런 밤 새로 난 발자국을 지우며 몰래 내린다는 도둑눈은
어린 잠속으로도 쏟아지는 것이다

눈 내리는 마을, 대문 밖의 까물거리는 불빛은 바다보다
깊은 만경들을 헤엄쳐 가고 일가붙이부터 문간을 들어서면
잔치는 시작되는 것이다 아궁이마다 불을 넣은 부엌에서는
전을 부치느라 홍어를 다루느라 북적거리고 나는 혼자 빈방
에 누워 돗자리 위로 스멀스멀 올라오는 비린내를 맡는다 연
탄을 쌓아 피운 화톳불이 먼 마을 사람들의 얼굴을 익히고
눈 녹여 먹는 소리도 졸릴 때쯤 늦은 조문객이 산짐승처럼
몸을 부르르 떨며 들어온다 그러면 화투를 치거나 벽에 기대
졸음을 쫓던 사람들은 식은 전을 데운다 술을 내온다 하며
오래전 얘기를 다시금 시작하는 것이다

다음날, 가깝고 먼 일가붙이들이 빠짐없이 모이면 상여꾼
들은 구슬피 아름다운 노래를 부르며 땅을 고르다가 저마다

가슴에 박힌 잔돌 같은 것들을 골라내고 아직 따순 김이 올라오는 바다 한 귀퉁이에 늙은 홍어 한 마리 삭혀두는 것이다 그리하여 삼짇날까지 자고 돌아가는 만경고모 보따리에는 흰 옷의 보푸라기 같은 것, 오래 삭힌 홍어냄새 같은 것이 꼭꼭 여며지고, 그새 만경으로 자란 달빛이 부엌간으로 토방으로 대청으로 스며들 때쯤 나는 말린 홍어를 찢어 먹으며 잔설 쌓인 감나무 아래를 서성거리는 것이다

3부
거대한 뼈들의 무덤

## 촛불

캄캄한 말들이
달려온다

광장에서는
촛불이 아니면

모두
어둠이어라

시인아!
망치를 들어 어둠을 깨라
말들의 불을 밝혀라

## 저수지의 개뼉다귀

개는 죽어서도 습성을 잊지 못하고
저수지를 꽉 물고 있다
물가에 밀려온 팽팽한
물의 근육이 저수지를 가둔다

개는 뜨거운 혀를 견딜 수 없어
저수지로 왔을 것이다
저수지의 물을 다 마셔버리기 위해
과감히 저수지로 뛰어들었을 것이다

개가 짖는다
개뼉다귀는 소리로 단단해졌으므로
침묵할 수 없는 근성으로
마을의 개들이 따라 짖는다

개가 짖는 것은
몽둥이를 무서워하지 않는 근성
실컷 욕해줄 것들이 있다는 듯이
산을 깨우며 짖는다
혀를 빼물고 짖는다

결국엔

온몸이 입이 된

저수지가 따라 짖는다

## 호텔 욕조에서의 명상

경주 현대호텔 722호 욕조에서 나는 왕가의 사생활이 궁금해졌다 거실의 TV는 오호츠크 해에서 발달한 기단을 타고 아무르 강을 건너는 중이다 이상 기후는 이유가 있다 짧은 스커트를 입은 기상 캐스터는 구름의 이동 경로를 아슬하게 짚는다

저녁 여덟 시 고고미술사 세미나에는 가지 않았다 봉분에 쌓인 눈을 치우는 것은 왕릉 주민의 대를 이은 부역이어서 나는 관광책자의 컬러사진을 보며 백제에서 온 석공을 생각했다 범선을 타고 감포 바다를 건넌 사람들은 무엇을 믿었던 것일까?

천 년 전에도 유빙은 고독을 씹으며 태평양으로 흘러갔을 것이다 쿠바의 관타나모 수용소에서는 아무 일도 일어나지 않았다 혁명은 한 바가지의 물로도 진화될 수 있다 거실의 전화벨이 울린다 그쳤던 눈이 내린다 감포 바다가 차오른다 천 년 전에 나는 젖어 있었다

## 말이 말이 아니었네

여자의 입이 달싹거리는 걸 보았지
개새끼, 순간
내 코는 번들거리네
킁킁거리며 자신의 성기 냄새를 맡는 개처럼
혀를 빼물고 살아온 지난 세월은
말이 아니었네

언제나 냄새를 풍기는 그녀
바람 속을 킁킁거리며

보이는 건 전부가 아니지
개들은 귀신을 본다잖아!

다리 밑이나 담 그늘에 엎드린 개들은
뭔가 말해야 할 것이 있다는 듯이

나를 보면 킁킁거리며
ㅋㅋ거리며

## 물리다

술을 마실 때마다
개에 물린다
개에게 물린 상처가 선명해질 무렵
으르렁, 나도 짖는다

개에게 물린 후
술자리에서 일찍 일어나는 습관이 생겼다
술을 먹거나 피곤한 날이면 어김없이
개는 물고, 찢고, 으르렁, 댄다
꼬리가 몸통을 흔드는 개다
꼬리의 비애를 아는 개다

개는 한번 물면
모든 걸 건다
내 왼쪽 팔뚝에는 나만 아는
개의 잇자국이 있다

## J에게

까마귀 떼가 날아간 숲으로 사내들이 걸어가요
나뭇잎들은 수군거려요 바람이 올 거라고

오후 네 시의 사내가 오전 열한 시의 사내를
숲의 가장 허전한 곳으로 끌고 가요

사내들은 모두 말하고 있어서
무슨 말인지 들리지 않았어요

난 너를 사랑해!
방아쇠는 소리쳤어요

가슴에 하나씩 어둠의 달을
배지처럼 달아줬어요

오후 네 시의 사내가 오후 아홉 시의 숲에서
길을 잃었어요

까마귀들은 날아오르며 노래해요
바람에 영혼을 빼앗기는 건 무슨 뜻이지?
세상의 길들이 문에서 태어난다는 건?

# 산벚나무經

산에 난 부스럼 같아
보고만 있어도 가려운 기억처럼
만질 수 없는 부위는 있는 법이니까

산벚나무 밑동을 잘라 강물에 띄워
바다에서 삼 년, 뜨거운 소금물에 삼 일을 쪄서
응달에 삼 년을 말렸어라

팔만대장경을 산벚나무로 깎았다는 걸 읽은 후로
벚꽃은 세필로 떨어진다

온몸에 피딱지가 나도록 긁어댄 날은
방바닥에 엎드려 혈서를 쓴다

그대여 돌아올 때는 도끼 메고 오라
산비탈에 나란히 누워
봄밤을 견디자

잘 벼린 도끼로 나무의 아랫도리를 팰 때마다
나는 그때 못한 고백을 바람에 날려 보냈지

산동네 어디쯤에 쓰러져 뒹굴지라도
온몸에 새겨진 문장을
그대는 못 읽을 거야, 못 잊을 거야

팔뚝 자르고 핏줄 다듬어
천 년 후에나 해독할 문신으로 새긴 산벚나무經

산에 난 부스럼 같았지
보고만 있어도 가려워졌지

## 참, 대단한 대가리 아닌가요?


부안 수산시장은 물 빠진 갯벌이다 전기장판 위에서 조는 여자들 저마다의 바다에 낚싯대를 담근다 붉은 다라이마다 바다가 담긴다 콩닥콩닥 뛰는 소심한 숭어와 어쩐지 어설픈 물메기들, 맨머리로 바다의 끝을 통통 부딪친다 비릿한 기억들이 출렁인다 기름때 전 머리를 긁적거리면 팔지 못할 잡어들만 튀어오른다

거품 속에서는
침묵해야 한다

횟집 수족관 안에서 물고기들은 인사를 주고받는다 이렇게 만난 건 또 얼마 만인가 덧셈 뺄셈 서툴러서 그물마다 걸려오는 팔자다 (갯벌에서는 발을 빼기 쉽지 않다) 거친 바다를 머리로 디밀고 온 대가리들이 평생 마셨던 바다 거품을 울컥울컥 토해낸다 졸음에 기운 여자들의 머리가 낚싯대처럼 튕겨진다

## 얼음산, 겨울강

변명도 없이 겨울 산은
얼음강 속으로 뛰어들었던 것이다
나무도, 들쥐도, 비암도 품고
상처 입은 짐승처럼 웅크린 겨울 산
칼바람은 매운 혀로
겨울 산이 죽었다
겨울 산이 죽었다 소리치겠지만
그 소리 얼음강 위에 붙어버리겠지만

얼음산,
겨울강
슬픔을 용접해버린 사랑이여
네 안에 들어가
꺼내 줄 이 없이 한 삼만 년
화석이 되고 싶다
어느 날 저 산 쪼개어
꺼내 줄 사람을 만날 때까지
강으로 흐를 때까지

# 북극 동물원

## 순록

겨울은 조금씩 더디 오고 봄의
뿌리는 쉽게 드러난다
초식동물의 숙명을 새김질하며
내기 바둑을 두는 것이 유일한 소일거리다
북극 기상관측기지의 보고서에 따르면
순록은 여름철에 몸무게가 가장 많이 감소한다
모기나 벼룩처럼 작은 것들도
그들의 식사를 방해하기 때문이다

## 곰

북극곰은 떠도는 집에 산다
거대한 부빙은 한철 안심시켰으나
봄이 되면, 약간의 잔금으로도
수천 개의 섬이 된다
봄은 가장 추운 계절이다
전세금이 언제나 부족한 그는
얼음의 가장자리로만 위태하게 뛰어다닌다

## 북극오리

끊임없이 움직이는 붉은 발은
고무장갑을 낀 주부 같다
새끼를 먹이기 위해
눈은 항상 충혈되어 있다
빙어 떼가 나타나면 절벽 위의 오리들은
바다 속으로 탄환처럼 꽂힌다
어떤 오리는 새끼를 품다가
겨울 햇빛에 일사병으로 죽는다


## 고양이

고양이는 북극에 살지 않는다
고양이는 도시적인 발걸음을 가졌다
고양이는 요즘 인기 있는 캐릭터다
가릉, 가릉 귀여운 표정을 짓는
아르바이트로 생활비를 번다 그러나
밤에는 얼마나 털을 세우는지
잘 알려져 있지 않다

## 코끼리 무덤

시 쓰다 쓰다 안 되는 것, 모아서
컴퓨터 폴더에 코끼리 무덤이라 이름 지었다
일생에 한 번
죽을 때가 되어야 찾아간다는 그곳

반짝,
지나치는 시가 있다

신성이 왔다 간 자리
거대한 뼈들의 무덤에
꿈결엔 듯 찾아간 적 있다

내 컴퓨터 안에는 언제나 바람이 불고, 별이 지는
무덤이 있다

쉬 들어가기 꺼려지는 그곳에
무언가 찾으러 간 적이 있다

4부

회상은 부정의

품사겠지요

## 벚나무 기차


봄이
철길에
귀를 대고
엎드려 있다

기차가 지나갔다

기억의 철로
구부러진 어디쯤
간이역이 있을 것이다

지난 일은 지난 일
두근거리는 침목을 베고 밀린 잠을 자고 싶었다

꽃은 문득
핀다

기차가 지나간 자리
울음이 피워놓은 꽃잎

새가 토해내는 기차가 지나갔다

## 메타세쿼이아의 밤을 걷다


여름을 견디기 위해
메타세쿼이아는 소실점으로 간다

결코 건널 수 없을 것 같던
이승과 저승길이 만나는 그곳

차가 지날 때면
빛의 환이 그려진다

지상에서 그리는 반원을
지하에서 마저 그리는 동안
긴 여름의 끝을 구부리며

지금의 나와 이십 년 전의 내가
이열 종대로 광주 간다

걸어갈수록, 활처럼 휘어지는
여름, 밤, 길

메타세쿼이아는 한 점의 과녁
길 아닌 길을 향해 간다

# 기일

길과 밭 사이
타이어와 타이어의 기억 사이
개구리와 개구리울음 사이
실제와 환상통 사이
강과 길 사이
길과 강 사이
나와 어린 고라니 사이
이른 죽음과 하늘 사이
하늘과 빗방울 사이
기억의 안쪽과 바깥 사이
고라니가 뛴다
초록의 바다 속으로 뛰어드는
고라니의 울음이 터지기 전
그대가 사라지는 사이
어딘가 한쪽이 젖어 있는 길과
기일 사이

## 각자도생

검은 옷을 입은 날이면
슬픈 소식이 먼저 온다

환절기에는 귀가가 늦고

사무실 문 앞의 김영혜 선생님은
이십 년째 같은 자리다

퇴근할 때 힐끗 보니 책상에 엎드려 있다
나는 봉투를 챙겨서 조용히 나온다

검은 옷의 주머니에는
수치심에 젖은 손이라든가

실연한 연인의 속눈썹 같은 것이 들어 있어서

옷장 속의 검은 옷은
아무리 반듯하게 걸어 놓아도
어딘가 한쪽은 기울어 있다

## 비닐봉투

그날이 오면 비닐봉투를 산다
비닐봉투에는 무엇이든 넣을 수 있으니까
술과 말린 꽃과 그리고
행복했던 추억 몇 장,
술을 따라 놓고 생각에 잠기다
참, 술은 못 드시잖아!
그보다 나이가 많아진 사람들과 점심을 먹으며
그가 좋아했던 음식에 대해 이야기한다
우리는 각자 생각할 수 있는 것들을 최대한 떠올렸고
이야기할 수 있는 것이 없어질 때까지 이야기했다
그래도 남은 것은 비닐봉투,
집으로 돌아오는 길에 비가 와서
비닐봉투를 머리에 썼다 다행이야!
비닐봉투엔 언제든 넣을 수 있으니까
몸이 젖을수록, 머리가 뜨거워져서
어디든 갈 수 있을 거라는 생각이 들었다
비닐봉투가 있으므로 구겨진 채로
어디든 살 수 있을 거라고
아무것도 아니어서 무엇이든 될 수 있는
검정 비닐봉투가 움직인다

## 메기 굽는 저녁

강가에서 메기를 굽는다
메기는 돌 모서리마다 몸을 비벼대느라
비늘이 없다
누군가 숯불을 피우는지
비늘 속처럼 환한 저녁 놀
가족을 부르는 소리, 강물 위로 성긴 그물을 편다
석쇠 위에는 메기가 노릇노릇 익어가고 있다
강변에 피운 불을 쬐기 위해
물결이 발치에 다가와 수런거린다
그들은 하나같이 수척하다
불가에 둘러앉거나 선 채로 서성거리며
아무도 곁에 없는 동무의 이름을 꺼내
불 위에 올리지 않았다
메기의 살 익는 냄새가 어둠을 부른다
누군가 타다 만, 메기수염을 집어내며
무슨 말을 하려다 입을 꽉 다문다
검은 강물 위로 튀어 오르는 소리 들린다
강가의 돌멩이가 둥근 것은
수많은 저녁이 메기의 가슴을 부비고 갔기 때문
그때마다 메기의 꼬리처럼 미끈거리는
물결이 강을 끌고 떠났기 때문

## 가족 식사

무슨 좋은 일이 생긴 것 같다
식탁에 둘러앉은 표정은 밝고
부지런히 수저질을 하며
웃고, 마시고, 먹는다
손을 들어 주문을 하는 건 동생의 버릇이다
벌 서는 아이처럼
동생은 노조와도 싸웠던 경험이 있다
갑자기 까르르, 웃음이 터진다
비좁은 식당 안에서 고기 굽는 연기와 소란 속에서
무슨 재미있는 이야기가 구워지는 것 같다
모두 눈에 익은 사람들이다
엄마, 아빠, 형,
당신은 웃지 않는다
당신은 살아 있는 걸 먹지 못한다
허기가 밀려온다
내 앞의 음식은 식어 있고
오랫동안 나는 먹지 못했다

## 회상은 부정의 품사겠지요


밤은 명사
낮은 동사

회상은 현실의 부정이지만
부정은 현실의 희망이겠지요

햇살의 각도와
햇볕의 온도를 계산해

커피를 내리는
오전의 황홀

밤을 애수의 흔적이라 하오면
나는 무척 감상적이 되어

찻잔의 커피 자국을 손가락으로 읽으며
당신의 속마음이라 하겠네

밤은 명사, 낮은 동사
순간이 고플 때가 있다면

그 순간을 나는
밤의 품사로 생각하겠지요

# 석상리는 지금 비 오구요

너도밤나무 젖구요 석상리 고갯마루 공동묘지도 함께 젖
구요 새로 생긴 봉분에서 황토빛 핏물 풀어내구요 귓속까지
물이 차구요 시집간 큰딸이 눈물로 지어온 모시 수의도 올올
이 무거워지구요 논고랑에 개구리떼 모두 나와 울어대고요
숨찬 바람 늦은 문상 와서 밤새 문 두드리구요 그 밤 아무도
잠들지 못하고요 뻘건 물 불어 발목까지 차구요 한쪽 귀퉁이
부터 무너지구요 무너져 가라앉기 전에 한번 꿈틀하고요 언
뜻 눈부시구요 비 사이로 검은 물고기들 섞여 떨어지구요 떨
어져 퍼득이구요 소독차 달려오구요 아이들 몰려다니구요
어른들은 당산나무 밑 무당집으로 모이구요 모두 이리저리
쓸려다니구요 무당집 뒷담에 여자 남자도 얼레꼴레 젖구요
보배바보도 젖구요 서울 가는 기차 따라 홍수 나고요 기억
안에서 밖으로 나뭇잎 지고요 빈집들 늘어가고요 상처 자리
마다 새순 돋구요 꿈속에서 물은 더욱 불어나구요

## 이름을 몰랐으면 했다


그대가 남기고 간 것

우체국 택배 박스 1개
두루마리 휴지 2/3
빈 담배 케이스
동진강변의 산책길
바람이 불면 잎을 뒤집으며
자지러지게 웃는 느티나무
그대가 쉬 한 곳
이름을 알지 못한 들꽃 무더기
가만히 흔들리는,

식탁의 빈자리
무심코 깨버린 계란 두 알
계란 프라이 타는 냄새
마른 빵 조각 씹는 소리
너무 많이 내린 커피
불 꺼진 방
방바닥의 온기
그대 떠나고 비가 왔다
이름을 몰랐으면 했다

# 옛 비

4인용 식탁이다
희디 흰 접시 위다

젓가락이 옛 비의 속살을 헤집어
허기진 지느러미를 집어낸다

외로움으로 단단해진 뼈를 골라
옛 비를 바른다

비린내는 집요하고
비린내는 비린내를 감춘다

가시가 제 살을 파고드는 줄도 모르고
거친 바다를 헤엄치던
(옛 비의 혀는 먼 바다로 갔다고 했다)

나는 까닭 모를 슬픔에 못 이겨
일어선다

흰 접시 위에 무장 해제된
옛 비를 어쩌지 못하고

5부
K의 그런저런 문제

## 거대한 건물

저 거대한 건물은 너무 커서 내 방이 없다 거대한 유리문 앞에서 나는 머뭇거린다 오른발이 자주 접질리는 것은 습관이다 걸쳐 있기 때문일까? 가로수는 온 힘을 다해 발등에 낙엽을 덮는다

국민대에서 열린 80년대 심포지엄엔 서른 명도 안 모였다 늦게 나타난 L은 급하게 고기를 집어먹었고 C는 금연표지 아래서 담배를 피웠다 삼겹살은 자주 뒤집어야 했다 취한 K가 광주는 끝나지 않았다고 소리쳤다 K는 아직 건물 밖에 있다

호남선 막차를 탄다 시간만이 평등하다는 것은 관념이다 복권을 사는 것도 사지 않는 것도 소심한 저항이다 건물에서 건물로 장거리 버스가 쉼 없이 오고 간다 오른발이 쑤신다

## 누구나 언젠가는


벽은 등을 돌리고
골똘히 들여다보는 것 같다

수백 개의 눈을 가졌다는
신화 속 괴물처럼
수천 개의 창문으로 무엇을 보는 것일까?

저 벽 안에는
수백 개의 의자가 있고
수천 번의 욕설을 받아주는
화장실이 있을 것이다

들어갈 것인가
나올 것인가

사람들을 토해내고 삼킬 때만
입을 여는 벽

무엇을 바라 벽이 되었나?
수많은 모서리를 품고 벽 속에
갇힌 벽

벽에서 나온 사람들은 벽을 닮아
무언가 골똘하다

누구나 벽 앞에 서면
벽이 된다

벽 앞에 벽
벽 뒤에 벽

벽이 끝날 때까지
모퉁이로 가자
또 다른 벽을 만나자

## 어디선가 누군가


거대한 건물 앞에서
나는 멈칫, 한다
매끈한 대리석 기둥 위에서는
시간도 수직적으로 흐를 것 같다

건물의 거대함이 나를 왜소하게 하고
열린 적 없는 창문 안에
내 자리가 없는 것이
한편으로는 다행이라고 생각한다

먼 훗날,
한 무리의 여행객들이
일부만 남은 건물을 배경으로
사진을 찍으며 거대한 시간을 가늠할지 모른다

언젠가 저 건물 어디선가
울음소리를
들은 적이 있다
백악기 시대의 화석 같은

## 이명

한밤에 무슨 소리를 듣더라도
대답하면 안 된다

그것은 사람이 아니야!
잠 못 드는 귀의
외로운 장난

그 방을 나오며
빨갛게 부어오른 귀를 잡고
나는 중얼거렸다

나는 사람이 아니다!
나는 사람이 아니야!

## 도마

사인을 하면 돈을 받던 시절이 있었다
사인은 할수록 돈이 벌렸다
사인 연습을 했다

요즘 나는 사인을 잘못한 일로
도마에 칼을 친다
도마는 이름이 도마라서
평생 칼을 맞는다
나무 도마는 배가 움푹 꺼진 생선 같다
상처를 받으면 펄떡대며
살아난다

도마는 흉터가 사인이다
도마의 사인을 만지면
가슴 깊숙한 곳이 서늘하다
칼을 치면 도마 안에서 뭔가
튀어나올 것만 같다

## 구부러진, 힘


손바닥을 펼치자
총각 "인생이 참 기구하구만!"
육교가 있던 자리
새점을 치는 노인은 등이 굽었다
굽은 못을 펴기 위해 제 손가락을 찍은 사내
얼마나 무모한가 구부러진, 힘을 꺼내려
서툰 망치질을 한 적 있다
중심을 향해
어딘지도 모를 곳으로 튀어나가는
찰나의 불꽃 혹은 섬멸

상처를 받으면 울음으로 돌려주던 시절
발가락이 무릎을 구부리는 힘으로
육교를 건넌다
길 위의 길을 세운다

나는 지금까지 반듯하게 자란
나뭇가지를 본 적이 없다

## 떠도는 고향

언젠가 먼 하늘을 건너 작은 새 한 마리가 찾아와 가장 먼 가지에서 저보다 큰 나뭇가지를 건드려보곤 하였습니다 나뭇가지가 흔들릴 때마다 세계는 지진이 난 것 같았겠지만 새는 나무를 떠나지 않았습니다 처음엔 새의 장난이라 지나쳤으나 무심히 흔들리던 한 세계가 오래도록 생각났습니다

어느 이른 봄날 나무는 꽃을 피워 제 이름을 얻고 나는 처음 보는 꽃나무 아래를 지나 사무실 밖으로 나왔습니다 그 뒤로 다시는 그곳에 가지 않았으나 언뜻 새의 둥지를 본 듯도 하였습니다 어쩌면 나무는 온몸을 흔들어 작은 새를 붙들고 싶었는지 모르겠습니다

# 돈 술 노래

결혼 전, 노래를 불러주면 돈은 자기가 벌겠다며 천사의 미소를 짓던 아내가 아침에 출근한 옷차림으로 소파에 누워 있다 늦은 밤, 고등학생 딸을 데리러 가야 한다는 아내의 목소리가 갈라졌으므로 나는 읽던 시집을 덮는다 돈과 싸우려면 돈이 필요하다 돈과 싸우지 않으려 해도 돈은 필요하다

술을 마시고 싶은데 불러낼 사람이 없다 휴대폰에 저장된 이름은 바쁘거나 바쁘지 않아도 술을 마시지 않는다 요즘은 일없이 만나지 않는다 휴대폰에 '아프다'라고 말하니 "많이 아플 땐 귀찮더라도 병원에 가는 게 좋아요"라고 AI가 대답한다 그렇다고 대꾸하고 싶진 않다

잊고 지냈던 노래를 부른다 지금은 소식 없는 동무들과 부르던 노래는 별똥이 되어 어디로 사라졌을까? 내 안에 타오르던 불꽃은, 딸 책상의 LED 스탠드에도 파리한 내 손바닥의 깊어진 주름에도 아직 빛을 발하고 있으므로

# K의 그런저런 문제

아내의 출근복이 얇아지는 계절에, K는 설거지를 하고 빌
라 옥상에 올라가 담배를 태운다 건너편 빌라에는 얇은 옷을
걸친 여자가 빨래를 넌다 아내가 무서운 K는 난간을 벗어난
다 더위는 옥상부터 달군다

K는 도서관에 간다 냉방온도가 너무 낮은데 놀란 K는 아
무 말 하지 않기로 한다 K는 그런저런 대학을 그런저런 성적
으로 졸업하여 그런저런 회사에서 그럭저럭 버티다가 그런
저런 문제로 작가가 되었다

사는 게 늘 서툰 K는 담배 피울 곳을 찾는다 도서관 밖 횡
단보도를 건너고 인도를 지나 구석진 곳으로 숨어든다 세상
은 문제를 잘 푼 사람들이 더 어려운 문제를 내는 게 문제

K는 이자를 두 배 준다는 은행 광고를 보고 늙은 어머니께
전화를 한다 "네 아버지는 걷지 않는 게 문제다" K의 어머니
는 요즘 몸에 좋다는 효소에 대해 말하곤 전화를 끊는다

문제가 문제를 낳는 것이 문제다 청첩장을 받고 강남고속
터미널에 도착한 K는, 지하철을 몇 번이나 갈아타야 도착한
예식장 뷔페가 마음에 들지 않는 K는, 담배 필 곳을 찾아 빌

덩숲을 헤매다 돈 안 되는 생각만 떠오르는 게 문제라고 생
각한다

## 물어봐줘서

뭐 해?
술 먹자는 전화는 안 오고

뭐 해?
갓 출소한 사내처럼
나는,

뭐 해?
차디찬 밤, 만경강 건너는
붉은 어깨 도요새의 발을 생각해

뭐 해?
길 건너던 고라니를 가슴에 묻은
사내를 생각해

뭐 해?
내 몫의 술을 다 마신
억새처럼

뭐 해?
지푸라기 같은 겨울 볕을

다 마시고

뭐 해?
예감했던 일이 아름다울 수 있을 거라고

뭐 해?
좋아하던 여자가 살던 집

뭐 해?
술 먹자는 전화는 안 오고

뭐 해?
당신이 먼저 끊을까 봐
나는,

## 황태라는 나무

황태는 설악에서 자라는 나무다

미시령 넘어가는 길
인제군 용대리 버스정류장에서 만난 황태
가파른 겨울바람에 비늘 다 떨어뜨리고
가시만 남은 나무들
한 놈 툭, 끊어다가
한 솥 가득 끓여내고 싶다

간밤 술에 얼얼한 뱃속
바람이 불 때마다 휘청대는 황태의 손가락이 쓰린 속을 찌
른다
얼음계곡으로 줄지어 몸을 말리는 저것들,
몸이 더워지면 주저 없이
속초 바다에 뛰어들 기세다

말을 버린 것들은
혀부터 단단해진다
나도 저 나무껍질 같은 지느러미 하나 갖고 싶어서
산의 정수리를 쓸어내리는 겨울바람에
눈을 부릅뜬다

# 삶의 실감 속에서 신성한 질서를 꿈꾸는 서정

유성호(문학평론가, 한양대 국문과 교수)

## 1. 오래된 '첫' 세계

박태건 시인의 첫 시집 『이름을 몰랐으면 했다』는, 등단 사반세기 만에 펴내는 오랜 실존의 육성이자 깊은 사유와 감각을 담은 진중한 고백록이다. 오래도록 시를 만나고 쓰고 또 안으로 간직하고 숙성시켰다가 다시 형태를 입혀 이제야 지상으로 내보내게 된 중견시인의 이 첫 결실은, 그 안에 "고래를 타고 우주로 갈" 소망 어린 집념과 "가끔 꿈에 뱀이 나타나고/그때마다 신성을 생각"(「시인의 말」)하는 초월의 순간을 충실하게 담아내고 있다. 굴곡 많고 사연도 만만치 않았을 시간을 뒤로 한 채 시인은 아마도 '박태건이라는 나무'를 뿌리 깊게 심고 또 심었을 것이다. 그 나무에 열린 기억의 열매들이 이렇게 깊은 존재의 심연으로부터 솟구쳐 오르면서 일견 심미적이고 일견 아스라한 표상들을 하염없이 펼쳐가고 있는 것이다. 그래서 이번 시집은 박태건 시인이 자신만의 표정과 언어를 지속적으로 축적해온 실존적 결과이기도 하겠지만, '시적인 것'의 역동성을 풍요롭게 구현함으로써 영혼의 실감을 드러내는 뚜렷한 미학적 실례이기도 할 것이다. 이제 우리는 서정시의 근원 충동인 자기 탐구 욕망과 시원始原을 향한 꿈이 가득 배인 그의 언어를 통해 곡진한 페이소스와 함께 첫 시집에 걸맞지 않은 깊이를 품고 있는 한 세계를 만나게 될 것이다. 이제 그만의 오래된 '첫' 세계로 천천히 들어가 보도록 하자.


## 2. '시인'으로서 가지는 실존적 자의식

박태건 시인은 내면에서 일고 무너지는 풍경들을 선연하게 부조浮彫하면서도, 그것들이 지상에서 잠깐 존재했다가 사라져 갈 것이라는 운명적 존재론을 마음으로 받아들인다. 섬세한 감각으로 쌓아올리는 이러한 심미적 한시성에 대한 관찰과 표현은 그 자체로 서정시가 원초적 통일성을 회복하고자 하는 지향을 충실하게 견지하고 있음을 보여준다. 세계와 주체가 분리되어버린 경험으로부터 그것의 통합을 꾀하고자 하는 속성이 서정시의 존재론에 충일하다는 것을 확연하게 증언하는 것이다. 이때 우리를 둘러싼 세계와 그것을 인식하고 수용하는 주체를 이어주는 감각의 절실함과 선명함이 두루 요청되는데, 박태건의 감각은 세계와 주체가 근원적 상관성을 가지고 있다는 그만의 사유를 방법적으로 알려준다. 말하자면 시인은 우리에게 상실된 근원적 감각을 회복하는 통로를 주체의 신념에서 찾는 것이 아니라 뭇 사물을 관찰하고 묘사하는 경험적 시선과 방법에서 찾아가고 있다. 먼저 다음 작품을 읽어보자.

아침에 일어나니
집 앞에
강물이 흐른다

모내기하려고
푸른 강물을 들였나 보다

마을이
섬이 되었다

강물 속에는 구름이 흐르고
집이 있고 또 사랑하는 가족과
부지런한 손이 있다

이제 나는
세상의 모든 것들에
이름을 지어주리라

「짓다」전문

　　아침에 일어나 마주친 '집 앞'은 강물이 흐르는 환幻의 공간
으로 다가온다. 푸른 강물은 '모내기'를 하려고 상상적으로 들인
것일 터인데, 그 강물로 인해 마을은 섬이 되고 강물 속에는 구
름이 흐르고 집과 가족과 "부지런한 손"이 비치고 있다. 이때 "부
지런한 손"은 '모내기'와 연관되면서 시인으로 하여금 세상의 모
든 것들에 이름을 지어주리라는 다짐을 하게끔 한다. 여기서 '짓

다'라는 제목은 일차적으로는 이름을 '짓는' 데서 나온 것이지만, 옷을 '짓고' 밥을 '짓고' 집을 '짓고' 글을 '짓고' 살아가는 우리의 삶 전체를 환유하는 것이기도 하다. 사물에 '이름을 짓는(naming)' 행위야말로 시인의 제일 직능이 아닐 것인가. 바로 그 순간 박태건은 모내기하는 부지런한 손처럼, 모든 순간과 사물에 이름을 부여하는 '시인'으로 태어난다. 이처럼 '짓다'라는 시인으로서의 실존적 자각은 "기억이 가는 데까지//상처가 끝나는 데까지"(「상처의 무늬」) 이어져갈 것이다. 다음은 어떠한가.

> 내가 세상에서 제일 잘 하는 것은 떠나보내는 것
> 바람에게 받은 만큼 돌려주는 것
> 집 없는 새의 영혼처럼
>
> 여름날 쿵쿵 다가오는 우레의 발소리에
> 서툰, 빗방울로 사라지는 것
>
> 세상의 초록들에게 더 이상
> 마음 주지 않을 것 그리하여
> 흘러가는 모든 것들을 사랑하는 것
>
> 가령 하느님이 기다란 손톱 끝으로
> 쓱, 그어놓은 신작로라던가
>
> 앞만 보고 가는 사람의 뒷모습을
> 무심히 바라보는 것

하늘의 문장을 몰래 써놓았다가
비행운처럼 지워버리는 것

한때 내 안에 있던
불꽃을 생각하지 않는 것

한 조각 떠도는 구름의 숙소가
내 유일한 거처일지라도

돌아오기 위해
떠나는 것

「구름의 변명」 전문

　푸른 강물 속을 흐르던 '구름'은 이제 시인으로 하여금 "내가
세상에서 제일 잘 하는 것은 떠나보내는 것"이라는 변명을 낳게
끔 해준다. "집 없는 새의 영혼"처럼 바람에게 받은 만큼 돌려준
다든지, 여름날 우레의 발소리에 "빗방울로 사라지는 것"이라든
지 하는 것은 모두 '구름'의 속성을 빗대어 표현한 것이다. 이러
한 '떠나보냄'과 '돌려줌'과 '사라져감'의 과정이야말로 '시인'으
로서 세상을 마주하다가 존재론적 소실점에 이르는 전全 생애를
함축하고 있는 것인지도 모른다. 나아가 구름의 이어지는 변명
들은 한결같이 이러한 '시인'으로서의 존재론을 고스란히 함축
한다. 세상의 초록들에게 마음을 주지 않으면서도 "흘러가는 모
든 것들을 사랑하는 것"이나 "사람의 뒷모습을/무심히 바라보는
것"이나 "하늘의 문장을 몰래 써놓았다가/비행운처럼 지워버리

는 것"은 모두 연민과 관조와 예술의 힘으로 이루어가는 '시작詩作'의 은유이며, "한때 내 안에 있던/불꽃"을 떠나보내면서 "구름의 숙소가/내 유일한 거처일지라도//돌아오기 위해/떠나는 것"은 구름처럼 정처 없이 변방을 떠돌다가 다시 자신의 기원으로 귀환하곤 하는 '시인'으로서의 존재론적 여정을 그대로 함의하는 것이다. 이때 "내 안에 타오르던 불꽃"(『돈 술 노래』)은 호환할 수 없는 '시인'으로서의 자산으로서 때로 가장 깊은 실존의 심연으로 숨겨지기도 하고 때로 은은하게 세상으로 흘러가기도 할 것이다.

이처럼 박태건이 세상을 읽는 방식은 현실의 물질성을 언어의 물질성으로 대체하거나 지사적 품격으로써 현실을 뛰어넘는 격절의 상상력에 있지 않고, 영혼의 가파른 힘으로 삶의 의미론을 붙여가는 '짓다=변명'의 과정에서 은유적으로 창안되고 있다. 그러한 과정을 자신만의 미학적 열정으로 품어 안으려는 불가능한 노력을 경주하면서, 그는 사물의 구체와 그 너머 심연을 꾸준히 오가고 있다. 자기 탐구와 세계 해석의 파동을 그리려는 동시적 열망을 통해 그의 시는 사물의 표면이 뿜어 올리는 매혹보다는 그 이면에 가라앉은 삶의 신성한 차원을 투시하려는 간단치 않은 의지로 번져가고 있는 것이다. 그 미학적 기저基底에 흐르는 것은 "대지의 힘줄처럼 드러나는"(『결』) 매혹의 순간일 것이며, 그가 결국 남기려고 했던 "신성이 왔다 간 자리"(『코끼리 무덤』)였을 것이다. 이 모든 것이 1995년에 등단하여 25년간 내면 깊숙이 간직하고 있던 '시인'으로서의 실존적 자의식이 아니겠는가.

### 3. 존재의 시원에 대한 상상과 감각

박태건의 시는 우리 시단의 주류를 구성하고 있는 서정적 구심과 환상적 원심의 작법에서 멀리 벗어나 있는 특성을 가지고 있다. 그는 신성한 기운을 통해 현실 여기저기에 난파된 채 사라져가는 것들의 이미지들을 힘껏 감싸안으면서 새로운 대체 질서를 열망해간다. 그리고 일상의 세목을 재현하는 신중함과 함께 그 세계 안으로 미학적 호흡을 불어넣음으로써 기억 속에 편재하는 존재의 시원에 대한 상상과 감각을 구현해간다. 그의 시가 사물의 미세한 움직임을 바라보면서도 존재의 시원을 지나치지 않는다는 점에서 우리는 그의 시가 우리 시단의 한 개성적 진경進境을 보여주는 세계임을 알게 된다. 경험적 세계 안에서 그 뿌리는 원천적으로 그의 가족에 있다고 할 수 있다.

형이 풀을 베는 동안 나는 삘기를 찾아 빨았다
싫증이 나면 피리를 불었다

토실토실한 암소는 꼬리를 흔들고
살진 엉덩이를 때릴 때마다
리듬에 맞추어 파리들은 서핑을 즐겼다

형은 콧노래를 불렀다 리드미컬하게
풀을 한 아름씩 안아 던졌다

풀들은 함부로 몸을 섞으며
지금부터 코러스 해요

언덕엔 복숭아꽃이 한창이었다
코러스,

풀을 베는 동안엔 다른 생각은 하지 말아야 했다
오직 풀에 몸과 마음을 집중해야 했다

풀은 베어지며 손을 베었다 형은
풀처럼 손을 들고 있어야 했다

풀들은 코러스 중이었다.
초승달이 풀꽃으로 피는
1억만 년 동안의 코러스

풀은 한 풀 꺾여 있었다
일으켜 세워도 맥없이 늘어지는

풀을 벨 수가 없었다

「풀」 전문

"송화의 경계가 마을회관 너머 학교 운동장까지 춤을 추며 흘러가는 것"(「노랑어리 연」)을 하염없이 바라보던 어린 시절, '나'는 형이 리드미컬한 콧노래를 부르며 풀을 한 아름씩 베는 동안 삘기를 빨다가 피리를 불곤 했다. 던져진 풀도 언덕 복숭아꽃도 함께 코러스를 하는 동안, 어린 '나'는 오직 풀에 몸과 마음을 집중할 뿐이다. 풀 베다가 손도 베면서 형과 '나'의 풀베기는 "초승달이 풀꽃으로 피는/1억만 년 동안의 코러스"로 크게 번져갔다. '풀'이라는 한 시절의 푸른 열정과 상처를 배경으로 하여 자연과 유년이 들려주던 코러스를 한편 낭만적 실루엣으로 한편 푸른 멍의 형상으로 재현한 인상적인 작품이 아닐 수 없다. 이렇듯 어린 '시인 박태건'은 자신의 경험적 구체를 통해 "흰 옷의 보푸라기 같은 것"(「홍어」)들을 호출하여 마침내 그것들을 "세상에 가둬놓을 수 있는 건 없다는 생각"(「비 오는 들녘」)에 이르고 있다.

무슨 좋은 일이 생긴 것 같다

식탁에 둘러앉은 표정은 밝고

부지런히 수저질을 하며

웃고, 마시고, 먹는다

손을 들어 주문을 하는 건 동생의 버릇이다

벌 서는 아이처럼

동생은 노조와도 싸웠던 경험이 있다

갑자기 까르르, 웃음이 터진다

비좁은 식당 안에서 고기 굽는 연기와 소란 속에서

무슨 재미있는 이야기가 구워지는 것 같다

모두 눈에 익은 사람들이다

엄마, 아빠, 형,

당신은 웃지 않는다

당신은 살아 있는 걸 먹지 못한다

허기가 밀려온다

내 앞의 음식은 식어 있고

오랫동안 나는 먹지 못했다

「가족 식사」 전문

　가족이 둘러앉아 함께 식사하는 장면은 가장 화목하고 단란한 형상일 것이다. 시인은 가족 식사 장면에서 자연스럽게 무슨 좋은 일이 생긴 것 같은 느낌을 가진다. 가족의 밝은 표정과 부지런한 수저질, 그리고 함께 웃고 마시고 먹는 시간은 그 자체로 '식구食口'라는 어의를 충실하게 증언하고 있지 않은가. 까르르 하는 웃음소리와 비좁은 식당 안을 채우는 재미난 이야기, 이 모든 것이 눈에 익은 엄마, 아빠, 형의 모습으로 전이되어간다. 그런데 이러한 형상 아래로 일순 '허기'가 밀려오는데, 시인의 기억에 음식은 식어가고 오랫동안 먹지 못했던 시간이 잠겨 있는 게 아닌가. "어떤 슬픔에도 아프지"(「가족사」) 않으리라고 하던 다짐에도 불구하고 시인의 내면에는 "기억을 풍화시키며 사라지는"(「코끼리 무덤」) 시간 속에서 "슬픔을 용접해버린 사랑"(「얼음산, 겨울강」)이 글썽이는 순간이 있었던 셈이다.

　이렇듯 박태건은 지나온 시간에 대한 기억을 매개로 자신의 존재론적 심층에 접근해간다. 그 형식은 삶의 본질을 지나온 시간 속에 배열한다든가, 삶의 실감이나 조건으로 비유해간다든가 하는 과정을 필연적으로 거친다. 그 다양한 시간의 내질이 바로 박태건 시의 중요한 축을 이루고 있는 것이다. 그것을 훤칠하게 보여주는 것이 자기 기원(origin)을 향한 기억일 터인데, 이는 자신의 존재론적 기원을 심원하게 상상하고 탐구해가는 품을 보여주는 확연한 그만의 방법론일 것이다. 그 안에 구현된 경험적 시간은 새롭게 구성된 작품 내적 시간으로 몸을 바꾸면서

'기억'이라는 사후적으로 마음의 지층에 재구성된 미학적 흔적을 들려준다. 박태건은 의식 건너편에 내재한 이러한 기억을 아름답게 불러오면서 삶에 대한 성찰의 제의祭儀를 치러가는 것이다. 그야말로 "기억의 안쪽과 바깥 사이"(「기일」)를 치열하게 오가는 흔적이 곧 그의 시가 되었던 것이다. 나아가 그는 기억이라는 운동이 과거를 단순하게 재현하는 것이 아니라 현재의 시선에 의해 지나간 시간을 선택하고 배제하고 구성해가는 것임을 보여준다. 그 점에서 박태건의 기억은 현재 자신이 살아가는 삶의 원형이고 존재의 시원에 대한 감각을 톺아 올리는 힘이 되어주는 것이다. 그 근원적 기억으로 하여 '시인 박태건'은 오래 만나고.함께해온 타자들을 향해 연민과 사랑의 마음을 길어 올릴 수 있었을 것이다.


## 4. 마음속에 웅크리고 있는 근원적 풍경들

박태건 시인은 옹색한 현실을 자유롭게 떠났다가 오랜 시간을 통과한 후 다시 자신으로 귀환하는 선순환 형식을 자신의 예술적 원형으로 이루어간다. 이번 첫 시집에서 시인은 느릿하게 낡아가는 시간을 더욱 깊어진 시선으로 들여다봄으로써, 이러한 자신의 시학적 흐름을 견고하게 이어가고 있다. 물론 이러한 지속성과 심화의 과정은 특정한 담론적 기획에 의한 외부적인 것이 아니라, 시간의 결을 따라, 마음의 움직임을 따라, 몸의 기울기를 따라, 자연스럽게 그의 시편을 오랫동안 구축해온 철저하게 내부적인 것이다. 필연적으로 느릿하게 사라져가는 시간을 바라보면서, 그 지속성의 힘을 통해, 시인은 자신만의 시학을 구성해온 것이다. 아니 내면의 필연적 파동에 따라 자신만의 시를 써가되. 그 결실이 결국 사람 사이의 고유한 관계의 반영이요 사물과 내면이 이루어가는 접면(interface)임을 정성스럽게 증언해 간다. 박태건 시인은 이번 시집을 통해 일견 자신에게 충실하면서도 일견 타자를 향해 아득하게 번져가는 시선을 오랜 기억으로부터 장착해간 것이다.

봄이
철길에
귀를 대고
엎드려 있다

기차가 지나갔다

기억의 철로
구부러진 어디쯤
간이역이 있을 것이다

지난 일은 지난 일
두근거리는 침목을 베고 밀린 잠을 자고 싶었다

꽃은 문득
핀다

기차가 지나간 자리

울음이 피워놓은 꽃잎

새가 토해내는 기차가 지나갔다

「벚나무 기차」 전문

　이번에는 "기억의 철로"를 간직한 인생의 '간이역'이 고요하
고 단아하게 인화印畫되어 있다. 그리고 그 간이역의 인상을 채
우고 있는 것은 다름아닌 "벚나무 기차"이다. 봄이 철길에 귀를
대고 엎드려 있을 때 지나가버린 "벚나무 기차"는 "기억의 철로"
어디쯤에 있는 간이역처럼 시인의 기억 속에 산뜻하게 남아 있
다. 지난 일은 지난 일이겠지만 시인은 두근거리는 침목枕木을
베고 잠을 자려 할 때 꽃이 피고 기차 지나간 자리에 "울음이 피
워놓은 꽃잎"처럼 오랜 시간이 농울치고 있음을 알아차린다. 그
렇게 "평등한 것은 시간밖에 없다는"(「거대한 건물」) 관념을 넘어
시인은 그의 기억 속에 있는 불평등하고 비균질적인 자신만의
시간들을 일일이 호명해간다. 그럼으로써 마음속에 웅크리고 있
는 근원적 풍경들을 아름답게 구축해가고 있는 것이다.

황태는 설악에서 자라는 나무다

미시령 넘어가는 길
인제군 용대리 버스정류장에서 만난 황태
가파른 겨울바람에 비늘 다 떨어뜨리고
가시만 남은 나무들
한 놈 툭, 끊어다가

한 솥 가득 끓여내고 싶다

간밤 술에 얼얼한 뱃속
바람이 불 때마다 휘청대는 황태의 손가락이 쓰린 속을 찌른다
얼음계곡으로 줄지어 몸을 말리는 저것들,
몸이 더워지면 주저 없이
속초 바다에 뛰어들 기세다

말을 버린 것들은
혀부터 단단해진다
나도 저 나무껍질 같은 지느러미 하나 갖고 싶어서
산의 정수리를 쓸어내리는 겨울바람에
눈을 부릅뜬다

「황태라는 나무」 전문

　　이번 시집의 마지막에 수록된 이 시편은 '황태'라는 특정한
존재자를 통해 마음속에 웅크리고 있는 근원적 풍경을 하나 끄
집어낸다. 미시령 넘어가는 길 버스정류장에서 만난 '황태'를 두
고 시인은 "설악에서 자라는 나무"라고 새롭게 명명한다. 겨울바
람에 황태가 비늘을 떨어뜨리고 가시만 남은 나무들처럼 보였
기 때문이다. 그리고 시인은 얼음 계곡으로 줄지어 몸을 말리는
황태들로부터 몸이 더워지면 속초 바다로 뛰어들 기세를 엿본
다. "나무껍질 같은 지느러미 하나"를 가지고 "산의 정수리를 쓸
어내리는 겨울바람에/눈을" 부릅뜨고 싶어지는 것이다. "황태라

는 나무"는 그 점에서 '시인 박태건'이라는 나무를 뿌리 깊게 암시해주는 시인의 등가적 초상肖像이기도 할 것이다. 그 형상을 통해 시인은 "속도를 두려워하지 않는"(「물방울자국」) 근원적 힘을 느끼게 된다.

이처럼 박태건 시인은 자신의 존재론적 기원과 시간의 형식으로서의 기억을 줄곧 형상화해간다. 한편으로는 객관화된 창窓으로 심미적 풍경을 만들어내기도 하고, 한편으로는 모두의 마음속에 웅크리고 있는 근원적 풍경을 불러오기도 한다. 말하자면 그것들은 근원을 사유하고 지향하는 시인의 마음이 투사된 등가물이면서, 동시에 시인 자신을 향해 귀환해 들어오는 성찰의 과정에서 채택되고 실현된 상관물이기도 할 것이다.


## 5. 삶의 근원적 역리逆理에 대한 사유

지금까지 우리가 천천히 읽어온 것처럼, 박태건 시인의 첫 시집 『이름을 몰랐으면 했다』에서 만나게 되는 음역音域은 그가 생활적 실감과 신성한 기척을 동시에 탐색하는 균형을 보여주었다는 데 있다. 물론 대개의 서정시는 자기 기원에 대한 진실한 고백과 동질적 자기 확인의 과정을 중심적 창작 동기로 삼는다. 비록 그것이 사회적 발언을 품고 있다 하더라도 서정시의 근원적 존재 방식은 궁극적 자기 귀환을 시도하는 데 있을 것이기 때문이다. 말할 것도 없이, 박태건의 시 밑바닥에도 시인 자신이 오랜 시간 겪은 절실한 경험 가운데 가장 뿌리 깊은 기억의 층이 녹아 있다고 할 수 있다. 그러한 구체적 실감 속에서 박태건의 시는 가장 신성한 질서를 설계해가는 것이다.

나아가 박태건은 자신이 겪어온 삶의 순간을 현재로 끌어오면서, 신생과 소멸, 삶과 죽음, 충일함과 비어 있음, 흐릿함과 선명함 등 상반된 속성들이 시 안에서 한 몸으로 결속하는 순간을 찾아내고 있다. 그럼으로써 삶의 불가피한 역설적 함의를 집중적으로 사유하고 삶의 밑바닥에 어김없이 소용돌이치는 심미적 격정을 형상화해간다. 인생론적인 목소리에 그러한 감각을 덧붙여가면서 그 안에 삶의 근원적 역리逆理에 대한 사유를 담아가는 것이다. 그래서 우리는 정말 오랜만에 첫 시집을 상재하는 시인의 진정성 있는 자기 갱신과 심화 과정을 응시하면서, 그가 많은 이들에게 위안과 치유 그리고 발견과 공감의 언어를 더욱 깊은 울림으로 들려주기를 바라게 된다. 삶의 실감 속에서 신성한 질서를 꿈꾸는 이러한 아름다운 서정의 결을 더욱 성숙하고 안목 깊은 차원으로 이어가기를, 마음 모아, 희원해보는 것이다.

시인 박태건

1971년 전북 익산에서 태어났다. 원광대 국문과와 동대학원을 졸업했으며 1995
년 전북일보 신춘문예와 『시와반시』 신인상에 당선되었다. 저서로 산문집『나그네
는 바람의 마을로』, 문화비평서『익산 문화예술의 정신』, 그림책『무왕이 꿈꾸는
나라』, 장편동화『왕바위 이야기』 등이 있다. 제13회 불꽃문학상을 수상했다.

**모악시인선 019**
이름을 몰랐으면 했다

1판 1쇄 펴낸 날 2020년 8월 31일
1판 4쇄 펴낸 날 2023년 7월 21일

**지은이** 박태건
**펴낸이** 김완준

**펴낸곳** 모악

**출판등록** 2016년 1월 21일 제2016-000004호
**주소** 경북 예천군 호명면 강변로 258-52, 2층
**이메일** moakbooks@daum.net

ISBN 979-11-88071-25-8 03810

* 이 도서의 국립중앙도서관 출판예정도서목록(CIP)은 서지정보유통지원시스템 홈페이지
 (http://seoji.nl.go.kr)와 국가자료공동목록시스템(http://www.nl.go.kr/kolisnet)에서
 이용하실 수 있습니다.(CIP제어번호: CIP2020034883)

* 이 책의 내용을 재사용하려면 모악의 서면 동의를 받아야 합니다.

* 이 책은 2007년도 아르코문학창작기금, 2008년도 대산창작기금, 2020년 전라북도 문화
 관광재단 지역문화예술 육성 지원사업에 선정되어 발간되었습니다.

값 10,000원